W0318916

Sagen vom Ammersee

Ölbilder von Erwin Leinfelder
Texte von Freia Oliv

Sagen vom Ammersee

Ölbilder von Erwin Leinfelder
Texte von Freia Oliv

EOS-Verlag, Erzabtei St. Ottilien

2. Auflage, 2005

ISBN 3-8306-7114-8

Fotos: Carola Amschler

Inhalt

Vorwort

Drachen und Feuermänner geistern umher, wilde Nachtjagden, alte Grafen und Heilige ziehen über das Ammerseer Land dahin. Madonnenbilder weinen, Totenmoore erzählen ihre grausigen Geschichten und ab und an taucht auch noch der Seespuk auf.

Der Ammersee - eine tiefer Pfrund für Sagen, in denen sich Christentum und Mythologie, Natur- und Geisterglaube, Brauchtum und Geschichte spiegeln.

Die interessantesten Überlieferungen der Sagen vom Ammersee wurden hier von Freia Oliv erzählt und von Erwin Leinfelder in Öl gemalt.

Als Quellen dienten die zehn Hefte von Bruno Schweizer (erschienen 1950/51), die der Heimatverein Erling gesammelt hat. Für die Geschichte vom Nöck waren die „Bayerischen Märchen" von Alfons Schweiggert (1995) die Vorlage.

Elisabethenquelle

Vom Ursprung eines wunderbaren Brunnens

Wallfahrer tummelten sich an diesem Brünnlein, Heilkräfte wurden ihm nachgesagt, eine kleine Kapelle soll an den gar wunderlichen Ursprung der Quelle am Fuße des Heiligen Berges erinnern. Entstanden ist die Elisabethenquelle aus der Not einer edlen Frau. Andechs nämlich war für die Landgräfin Elisabeth der Ort der Zuflucht. Dort war ihre Mutter Gertraud von Andechs geboren, dort fand sie Ruhe vor den Verfolgern, nachdem ihr Gemahl gestorben war.

Die Landgräfin von Hessen und Thüringen, Tochter des Königs Andreas von Ungarn, war eine Nichte des Erbgrafen Otto I. von Andechs. Vermutlich um 1228 machte die Gräfin auf dem Weg zu einem anderen Onkel Station in Andechs. Auf ihr Gebet hin soll am Abhang des Berges ein Brunnen entsprungen sein.

Abt Maurus III. Braun ließ genau über jener wunderbaren Quelle zu Beginn des 18. Jahrhunderts die Kirche der Heiligen Elisabeth für 36 000 Florint bauen. Während der Säkularisation wurde die Kirche abgerissen, 1860 dafür eine kleine neugotische Kapelle aus weißem Sandstein errichtet. Damit soll der Elisabethverehrer Herr von Felsburg Sühne getan haben.

Seitdem, so ein Text von 1877, habe jeder Wallfahrer von diesem Brunnen getrunken.

Elisabethen-Quelle
2000

Die Kutta-Miedl

Der Kinderschreck aus der Felsenhöhle im Kiental

Der Andechser Kinderschreck aus dem Kiental droht heute noch den frechen Kindern. Dabei war die Kutta-Miedl eigentlich gar keine Hexe, sondern vielmehr eine fromme Frau, die um 1655 geboren wurde.

Maria war die uneheliche Tochter einer sächsischen Adeligen, die für ihre letzten vierzig Lebensjahre ein karges Dasein wählte: Sie hatte weder Mantel noch Bett - außer während ihrer letzten Krankheit -, sie nächtigte im Sommer und Winter oft in einer Felsenhöhle im Kiental zwischen Herrsching und Andechs.

1735 ist sie im Erlinger Armenhaus mit circa 80 Jahren am Lichtmess-Tag gestorben, der Pfarrvikar hat ihre kurze, eigenartige Geschichte so ins Sterbebuch eingetragen.

118 Jahre später wurde durch die Schlucht eine kleine Straße gebaut; dabei fand man in den Nagelfluhwänden, wohl nahe oder in ihrer Höhle, einen Totenkopf. Vermutlich hat er der Klausnerin als Anschauungsobjekt gedient.
Auf alle Fälle aber hat er die Leute damals schon erschreckt.

KUTTA-MIEDL
HH
2000

Der Schäuferlmann

Lauernde Gefahren an der Brücke

Dieser fröhliche Zechabend in Andechs ist dem Ramseer Bauern einst gar nicht bekommen. Er missachtete den Gespensterglauben und fiel ihm prompt zum Opfer. Das Gespenst war der Schäuferlmann. Allerdings ist die Sage vom Schäuferlmann mit dem Niedergang des Dorfes Ramsee fast vergessen worden.

Damals als sich die Bauern regelmäßig im Andechser Bräustüberl trafen, nahm manch einer die Beine unter die Arme, weil er dem Schäuferlmann begegnet war. Er soll alle späten Heimkehrer erschreckt und verfolgt haben. Das Gespenst schaufelte beständig bei der Brücke zwischen Ramsee und Andechs. Jener Ramseer Bauer nun wollte seinen Mut beweisen: Er schlug den Schutz von Weihwasser ab und machte sich auf den Weg von Andechs nach Hause. Vor dem Brücklein erhob sich plötzlich ein furchtbarer Wind. Der Bauer eilte über die Brücke und schaute um: Er sah einen großen Mann mit einer Schaufel auf der Schulter hinter sich stehen. Schockiert lief er Richtung Heimat, das Gespenst an den Fersen. Er schrie der Bäuerin von weitem zu, aufzumachen. Vor der Haustür aber schlug der Schäuferlmann dem Bauern kräftig über den Kopf und verschwand. Der Bauer wurde krank und starb nach einer Woche. Als die Leiche nach Herrsching überführt werden sollte, sträubten sich die Rosse.

So will es die grausame Variante der Sage. Andere Versionen lassen den Bauern mit dem Leben davonkommen - und das Gespenst für immer verschwinden.

Der Schäufeel-Mann
2000

Der goldene Ring

Wassergewalten und Opfer für die Geheimnisse des Sees

Winter ist es, der Ammersee kracht und donnert unter seiner Eisdecke. Wenn die Temperatur wechselt, gibt es mächtige Risse, Eisschollen schieben sich übereinander. Klar, dass da eine Geisterhand im Spiel sein muss. Der See schreit und fordert seine Opfer - und sobald jemand ertrunken ist, ist der Spuk vorbei. So glaubten es die See-Anwohner. Gott sei Dank kam es nicht oft vor, dass der See Eis trug. Allerdings lockte das Wasser auch im Sommer viele ins Verderben und gab die Toten nicht wieder her.
Von den 31 französischen Soldaten, die 1945 bei Gewitter mit einem Segelboot kenterten und ertranken, tauchte keiner mehr auf. Man sah darin eine gerechte Strafe für manches Fehlverhalten der Besatzungstruppen. Vielleicht ist der Grund dafür aber auch das Geheimnis Sees, das wohl gehütet werden muss.

Die Sage vom Taucher im Ammersee erklärt es folgendermaßen: Ein Verbrecher ließ sich einst in einem Glassturz auf den Seegrund hinab, da man ihm dafür das Leben versprach. Unten angekommen hörte er aber eine Stimme: „Ergründest du mich - so schlind (verschling) ich dich.“ Die Anwohner ließen es sich eine Lehre sein, zelebrierten jedes Jahr eine Heilige Messe und warfen einen goldenen Ring in den See, damit das Land nicht überschwemmt werde.
Ganz ähnliche, mehr oder minder erfolgreiche Bündnisse gibt es zwischen dem Dogen von Venedig und der Adria. Und auch der Walchensee wurde mit einem goldenen Ring und Messen beruhigt.

AMMERSEE
2000

Der Untergang von Damasia

Geschichten um die Entstehung des Ammersees

Irgendetwas stimmt da nicht mit dem Ammersee. Entweder er entstand durch diverse Flüche oder er ist das Ergebnis eines Streits. Es soll sogar eine große Stadt darin versunken sein.
Wie auch immer – Grund für das Wasserdebakel war anscheinend die Weiblichkeit.

Die edelste Sagenversion beginnt auf dem Schatzberg bei Dießen, auf dem vor Urzeiten ein mächtiges Schloß stand. Drei Fräulein bewohnten es: zwei weiße und ein schwarzes. Das schwarze Mädchen wollte den Fluch der Außenseiterin loswerden und bat einen Hirten, es zu erlösen.
Der Hirte brauchte Mut: Um Mitternacht sollte er einem feurigen Hund einen Schatztruhen-Schlüssel aus dem Maul reißen - dafür bekäme er selbst eine Kiste mit Geld. Als der Hirte aber dann den feuerschnaubenden Hund sah, flüchtete er. Da brach das schwarze Fräulein in Weinen aus, verwünschte die Feigheit der Menschen und verfluchte die ganze Gegend, so dass sie unter Wasser verschwand.

Das Schloss versank - und der Schatz wartet heute noch auf seine Hebung.

DAMASIA

Bevor sich die Schatzsucher aber nun vielleicht vergeblich aufmachen, sollte man noch die anderen Varianten der Sage kennen:
Von einem Schloss und einer Kiste ist da nicht immer zu hören. Vielmehr waren es einst drei Jungfrauen, die das fruchtbare Land gepflügt haben. Wegen der Probleme mit dem feuchten Moos sollen sie den Sumpf kurzerhand in einen See verwunschen haben.
Ob die Ursache aber nicht doch ein Streit gewesen war?

Der Volksmund weiß nämlich auch von zwei Schwestern, die die große Wiese nach einem Gezänk zu einem See werden ließen, der alle Unwetter verschlang. In diesem See soll auch die große Stadt Damaskus oder Damasia untergegangen sein.

Ein altes Marktsiegel (von 1650) legt nahe, dass Damasia das frühere Dießen war. Es soll bis nach Weilheim und bis nach Wartaweil hin zur weißen Säule gereicht haben.
Allerdings erheben auch Augsburg, Landsberg und Epfach einen gewissen Anspruch auf die Sagenstadt.

Damasia war die Burg der Lechanwohner und wurde von Kaiser Augustus' Stiefsöhnen Drusus und Tiberius zerstört. Die Dießener Klostergelehrten zogen die Namensparallelen wohl schon um 1600.
Gut möglich, dass die Klosterherren der doch recht heidnischen Sage vom Ursprung des Ammersees einen historischeren Anstrich geben wollten.

Rauhnacht

Weltuntergänge,
Teufel und die losgelassene Meute des Belzebubs

Wenn das Salz weniger wird, das Wasser ausgeht und die Tage plötzlich kürzer werden, dann werden die Leute rote Schuhe tragen und die Welt wird untergehen.

Nun, in Dießen wurde sicher seit diesen Prophezeiungen von 1923 schon manches Paar rote Schuhe getragen und das Ammersee-Gebiet gibt es immer noch.
Es hat auch schon andere „schlechte" Zeiten überstanden.

Man sah das Ende nämlich auch bei folgenden Anzeichen nahen: Zuerst muss der Türke seinen Schimmel im Ammersee tränken. Dann wird es Zeit sein für die Dienstmägde, beim Schafferl- und Holzgeschirr-Reiben ein Diadem und einen Krepphut aufzusetzen. Die Leute werden zu dieser Zeit braune Mäntel tragen, spitzige Hüte und Glöckchen an den Schuhen.

Wenn es dann noch so weit ist, dass ein Pferdewagen an jede Haustüre hinfahren kann, dann geht die Welt unter.

RAUHNACHT

Eiserne Köpfe, meinten andere, werden die Leute zu diesen schlimmen Zeiten haben. „...bal' di roatn Stimpf un die grean Hiat der Entachrist bald zu Ende geaht..." wusste der Volksmund und bezog sich dabei auf den biblischen Antichristen. Dabei kam natürlich auch der Teufel ins Spiel.

Belzebub waltet würdig seines Amtes und machte die apokalyptischen Vorhersagen besonders schwer. Er hat(te) nämlich in Dießen nicht nur beim Weltuntergang, sondern ein paar Wochen jedes Jahr Saison.

Wehe wenn er seine Leute losließ: Dann war Rauhnacht in Dießen.

Die wilde Nachtgejaide war das ganze Jahr über in der tiefsten Hölle angeschmiedet gewesen und erst ab dem ersten Adventssonntag bis zu Heilig-Dreikönig konnte es umherziehen.

Mit dem ersten Weihrauch am 6. Januar wurden dann die Geister wieder gefesselt.

Allerdings gab es rund um Dießen auch diabolische Dauerbewohner:
In den Tuffsteinbrüchen am sogenannten Leixelberg Richtung St. Georgen gab es Höhlen, die als Teufelskuchl bekannt waren, wo bösartige Kobolde und Alben niste(te)n.

Die Feuermänner

Verwunschene Leut' und Rauschfantasien

Was ein richtiger Feuermann ist, der ist kein Mensch und kein Tier. Es gibt zwar auch Ungeheuer und Hunde in feuriger Gestalt, feurige Wiesbäume, allerhand Lichtlein, die auftreten im Ammersee-Gebiet. Doch die Feuermänner, die sind ähnlich wie die Hoimännlein oder wie die wilde Jagd zu Rauhnachtzeiten. Vielleicht waren es verwunschene Leut', die da zwischen Pähl, Fischen und Andechs einher zogen, sich auf den Höhen verschanzten und manch abenteuerliche Erzählung anregten.
Quellen aus den 20er Jahren berichten, wie die „feirige Mand" droben bei den Eichen zusammenkamen und rauften, bis die Funken flogen. Besonders beachtet habe das damals niemand: Es war ganz normal.

Die Feuermänner sind aber auch von Seefeld und Herrsching über den See nach Fischen gekommen. Sonntags saßen die Wesen beim „Fischener Bauern" in Dießen und haben ordentlich gezecht. Recht leichtfüßig schwebten sie dann wieder fort, auf und ab und kopfüber. Die Bauern wollten nur schnell das Steglein über die Ammer erreichen und fliehen - doch die fuirigen Mand waren immer zuerst am Brücklein. Sie tanzten, schlugen Purzelbäume, aber taten den Bauern nichts.

Manch einer der Jüngeren aber glaubt, dass es nicht die Feuermänner, sondern die Rauschfantasien der Bauern gewesen seien, die da übers Moor mit den Nebeln aufstiegen.

feirige Mand
2000

Das Mirakelkreuz

Ein gräfliches Schicksal und ein blutschwitzendes Kruzifix

In den 60er Jahren entdeckte man in Forstenried einen regelrechten Schatz: Bei einer Restaurierung wurde die byzantinisch anmutende Fassung eines bis dato unscheinbaren Kreuzes freigelegt.

Dass dieses Kleinod aber eigentlich aus Andechs kommen soll und dort eng verknüpft war mit dem schweren Schicksal der Grafen - das ist bis heute kaum bekannt.

Das blutschwitzende Kreuz von Andechs wurde angeblich von Bruder Alanus geschnitzt: 1187 hatten die Sarazener Jerusalem eingenommen und das Kreuz Christi entführt - das Kreuz von Bruder Alanus stand stellvertretend als Sühne für diese Schande.

Die Andechser Grafentochter Agnes soll nun in ihrer Kindheit oft vor diesem Kreuze gebetet und auch um eine einflussreiche Stellung gefleht haben. Im Schlaf erhielt sie dann folgende Anweisung: „Wenn du die erbetenen Gnaden erlangen willst, so kröne mich mit der Dornenkrone, mit der ich in meinem Leiden gekrönt war!“

SEEON 1170 ~ 1180 ANDECHS
Mirakelkreuz

Der Traum erfüllte sich: 1196 wurde Agnes als Gemahlin Philipps Königin von Frankreich.

Um sich für diese Gnade zu bedanken, schickte sie einige Zweige der Dornenkrone, die in Frankreich aufbewahrt wurden, nach Andechs. An einem Karfreitag wollen die Herzöge Ernst und Albert III. die Kronenteile sogar bluttriefend gesehen haben.
Nach Agnes' Tod übernahm ihr Neffe Heinrich Markgraf von Istrien die Betstellung vor dem Andechser Christusbild.

Mit dem gewaltsamen Tod König Philipps war aber der Friede in Andechs gestört: Auch auf Heinrich fiel der Verdacht, beim mörderischen Komplott mitgewirkt zu haben.

Er suchte Trost vor dem Kreuz und sah Schreckliches. Das Bild schwitzte acht Tage lang Blut - Heinrich fasste das als Gleichnis für sein zukünftiges, trauriges Schicksal auf. Er sollte recht geahnt haben.

1209 wurde die Andechser Burg zerstört, 19 Jahre später wurde Heinrich angeblich wegen seiner Strenge gegenüber den Untertanen vergiftet.

Nach der Zerstörung der Burg wollten Mönche das schicksalhafte, vielverehrte Kreuz ins Kloster Seeon bringen. Die Zugtiere aber versagten bei Forstenried den Dienst. Man folgte der Fügung und ließ das Kreuz dort.

Die Pfarrkirche datiert den Zugang des wertvollen, lange verkannten Kreuzes auf 1229, das Jahr nach Heinrichs Tod.

Wilde Jagd

Wen der Nachtgloa packt

Rund um den ganzen Ammersee ziehen die wilden Gesellen mit Hunden und Nachtvögeln, mit lautem Gebell und Gekrächze besonders nach Neujahr umher. Der Spuk geht aus von Wotan, dem Sturm-, Kriegs-, Toten- und Zaubergott der Germanen und wurde im Christentum zur Sache der Höllengeister umgewandelt. Manchmal wurde der Gott selbst mit wehendem Mantel an der Spitze seines Heeres gesichtet. Er wütet wild, doch bringt er Segen für die Fluren. Besonders in Gräben, Schluchten und Filzen fühlt er sich wohl und zieht alle Geister, die in Hunde verwandelt wurden, nach sich.

In Dießen erheben sich mit dem ersten Advent die verräterischen, großen Winde, die das Losreißen der Geister ankündigen. Man hört die Geister schreien und lachen - doch wehe dem, der sich umdreht: Mancher wurde schon mitgenommen auf die wilde Jagd. Deshalb wurde während der kritischen Zeit bis Heilig-Dreikönig auch stets ein Licht hinausgestellt. Man selbst ging jedoch nicht vor die Türe, die Pantoffeln mussten in Richtung Hauseingang stehen.

Rund um Inning hat man die Geister ausgeräuchert und - in christlicher Abwandlung - Weihrauch, Myrrhe und Kreide zum Weihen getragen. Das berühmte C-M-B der heiligen drei Könige, über den Hauseingang geschrieben, sollte schützen. Bei den Kindern ging aber trotzdem der Spruch um: „Pass auf, der packt dich schon, der Nachtgloa."

Wilde Jagd
2000

Aus dem Totenreich

Von Irrlichtern, Moorleichen und Beschwörungen

Das Sagenreich ist zugleich ein Totenreich. Denn die armen Seelen, die im Fegefeuer schmorten, bevor sie in den Himmel kamen, die geisterten des öfteren noch auf Erden umher. Manch einer vermutete die Seelen nahe bei den Skeletten der Toten.
Wo man auch immer den Astralleib zu wissen glaubte - hin und wieder tauchte er als Lichtlein, gar als hilfesuchendes Irrlicht auf. Solch ein Licht hoffte bei den Menschen auf Erlösung.

Irrende Seelen sollen bei Geistermessen in St. Georgen gesehen worden sein.
Am Ammersee lässt man die Essensreste für die „armen Seelen“ übrig, früher wurde ihrer sogar - in Abwandlung alter Totenopfer - mit Krapfen und Brezen auf dem Grabkreuz zu Allerseelen gedacht.
Nicht jeder kann die armen Seelen erlösen - dazu bedarf es besonderer Glückskinder, Sonntagskinder, Jungfrauen, Mönche und neugeweihter Geistlicher.

Auf dem Dießener Martinsfeld hat ein Großvater mit einem einfachen Schiedsspruch vom Zurückgeben solch einen Geist einmal von seinen Sünden erlöst.

19 2 36 7 20

Die richtig bösartigen Zeitgenossen aber wurden von Unwettern hinweggerafft, Selbstmörder fanden im Moor ihre ewige Ruhe.
Das Rötelmoos, im Volksmund Realmoos von Dießen, ist ein solches Totenmoor, das auf Moorleichen hinweist.

Eine besondere Verbindung zwischen dem überirdischen Totenreich und der Welt wurde den erst kürzlich Verstorbenen angedichtet - und deshalb ersuchte man sie auch um Vorhersagen.

In Utting starb einst eine Wöchnerin im ersten Kindbett - diesen Frauen stand der Himmel geradewegs offen. Sie wurden im weißen Sarg von Jungfrauen zu Grabe getragen.

Fünf Uttinger traten zu einer Beschwörung Schlag Mitternacht völlig entkleidet auf den Friedhof. Einer legte sich ins leere Grab, während die anderen den Sarg dreimal im Kreis trugen.
Die tote Frau sollte nun die Nummern für die nächste Lotterieziehung bestimmen, und zwar folgendermaßen: Alle Nummer wurden dem Mann im Grab in den Mund gelegt, die fünf Richtigen sollten erlöschen.
Es geschah tatsächlich so - und kurz darauf in der dritten Lotterieziehung wähnten sich die Männer dem Reichtum mit ihren fünf Richtigen nahe.

Doch war ihre Beschwörung vorher ruchbar geworden und das Spiel wurde für ungültig erklärt.

Die weinende Madonna

Mit den Tränen einer wilden Kurfürstin

Göttlichkeit, Gnade, Liebreiz - das sind die Worte, mit denen man Madonnen verbindet. Nicht aber einen „allzu höfisch-künstlerischen Gesichtsausdruck“, wie er laut Sagensammler Bruno Schweizer für die Dießener Muttergottes konstatiert wurde. Deswegen lehnte das Volk das Brustbild Mariens an der Außenseite des Dießener Marienmünsters auch ab - bis eine herzzerreißende Begebenheit für neues Ansehen sorgte.
Pate stand der Madonna eine anerkannte, wenn auch ungewöhnliche Adelige: Es soll die Kurfürstin Amalia von Bayern gewesen sein, nach der auch die Münchner Amalienburg benannt ist, die oft am Ammersee weilte. Leidenschaftlich ging sie zur Jagd und insbesondere die großen Sauhatzen, die jährlich in den gewaltigen Wäldern abgehalten wurden, machten ihr Vergnügen.
Auf dem Weg von München zum Ammersee bewies sie ihre wilde Natur: Dreimal warf der Kutscher wegen der miserablen Straßenverhältnisse den Wagen um, dreimal wollte die Kurfürstin weiterfahren. Und das, obwohl sie in anderen Umständen war.

Seine Verehrung für die robuste Landesfürstin ließ Propst Herkulan in Stein meißeln. Zum Grauen eines späteren, glaubenseifrigen Bischofs: Weil die Madonna zu weltlich war, wollte er sie beseitigen lassen.
Da soll das Bild so geweint haben, dass man es an Ort und Stelle ließ. Nur die Tränenspuren, die sind heute noch auf den Wangen zu sehen.

DIE WEINENDE
MADONNA
2000

Der Mechtildisbrunnen

Das Volk protestiert für die Heilkraft

Das Wasser des Mechtildisbrunnens bei Dießen wirkt wahre Wunder bei Augenleiden. Und für diese Heilkraft protestierte das gläubige Volk sogar gegen den Pfarrer - und gewann.
1923 wurde die Sage samt dem Streit mündlich überliefert.

Die Quelle auf dem Berg sei der Abfluss des Burgbrunnens gewesen und kam früher direkt aus einem Tuffstein am Boden heraus. Nur ein paar Holzbretter markierten die einsame, weglose Stelle.

Um 1880 sollte sich alles verbessern. Der Leutnant Reichensperger, der in Dießen zur Sommerfrische war, ließ eine Grotte samt Weg ausbauen und stiftete eine Statue. Allerdings geschah das ohne die vorherige Zustimmung des damaligen Pfarrers Strobel.

Dass sich der gekränkte Gottesmann zunächst quer stellte, half ihm nicht viel: In einem Triumphzug wurde das Heiligenbild zur Quelle hinaufgefahren.

Mechtildisbrunnen
2000

Radhold

Der tobende Drachentöter von Dießen

Keine Burg ohne Ritter, kein Ritter ohne Heldenmut: Dießen hat in Radhold solch eine wagemutige, wenn auch ungehobelte Sagengestalt, die sogar einen Drachen getötet haben soll.
Radhold erlegte das Ungeheuer, das seinerzeit in den wilden Schluchten am Lech hauste und die Burg von Rott heimgesucht haben soll. Der Burgherr von Rott war zu alt, um den Kampf mit dem Drachen aufnehmen zu können. Deshalb versprach er dem Retter die Hand seiner schönen Tochter.

Radhold von Dießen stellte sich dem Ungetüm, erlegte es nach furchtbarem Kampfe und forderte seinen Lohn. Der kämpferische Ritter aber war ein hässlicher, ungeschlachter, roher Genosse, dem der Burgherr von Rott seine Tochter nicht anvertrauen wollte.
Der Ritter, wild erzürnt, ließ sich die Abfuhr nicht gefallen: Er wollte das Burgfräulein draußen abpassen. Drei Tage lag er auf der Lauer, dann kam das Mädchen vorbei. Der Ritter versuchte, es aufs Pferd zu zerren - doch das Fräulein riss sich los, flüchtete in die Hütte am „Knappenzipfel“ und schloss sich ein.

Radhold tobte und wollte das Fräulein verbrennen. Gerade als er das Reisig um das Blockhaus aufgetürmt und angezündet hatte, kam ein Wolkenbruch. Er löschte das Feuer und verwandelte die Gegend in einen sumpfigen See, dem Radhold für immer den Rücken kehrte.

Radhold
2000

Maria Schnee

Ein Gelöbnis zur Verschonung vor den Schweden

Der Schwedenkrieg sorgte für viel Wunderglauben, Legenden und dementsprechend für eine Reihe von Stiftungen. Die Kapelle Maria Schnee in Bischofsried soll so eine Erfüllung eines Gelöbnisses sein.
Zurückgehen soll das auf die fromme Stiffabäuerin, die die Kapelle bauen wollte, sofern sie und der Hof von den Feinden verschont bleiben würden. Und als die Schweden kamen, hüllte dichter Nebel die Bischofsrieder Höfe ein und die Soldaten zogen vorbei. So sieht man es auch im Bild an der Kirchendecke. Die dankbare Bäuerin wusste nun nicht, wohin mit der Stiftskapelle - bis im Winter roter Schnee auf eine Anhöhe fiel und den Platz wies.

In einer anderen Sagenversion soll der Schnee mitten im Sommer gefallen sein. Und in der Version, die auf einer Tafel am Kapellenturm eingemauert ist, ist in rauhen Knittelversen folgende Geschichte zu lesen:
Die Eheleute Sacher wollten zu Ehren Marias eine Kapelle bauen, der Schwedenkrieg vereitelte ihre Pläne. „Anno Christi 1675 zu Bischofsried wohnt Hans Salcher und Maria sein Eheweib genannt. Waren Willens Gott und Unser lieben Frauen an diesem Ort eine Kapelle zu bauen. Weil aber das Geschrei vom schwedischen Krieg so groß, verbliebs bis selbiger ernster Krieg verfloß...“
Die Söhne Matthias und Bürgermeister Andreas führten nach dem Tod der Eltern dann das Werk zuende, die „Bautafel“ wurde 1675 angebracht.
Trotz aller hübschen Verse ist hier nur nicht mehr von einem Wunder die Rede.

S • S • 1675 • S
2000

Drei Hostien

Wie das ungläubige Volk bekehrt wurde

Die Sage des Hostienwunders zu Andechs geht bis auf Papst Gregor und das Jahr 600 zurück und handelt von der Ungläubigkeit des Volkes.

Als Papst Gregor in den Stationskirchen das Heilige Opfer feierte, soll eine spanische Matrone die üblichen Gaben dargebracht haben. Als Gregor ihr daraufhin das Altarsakrament reichen wollte, soll die Matrone ob des „Leibes des Herrn“ höhnisch gelacht haben. Gregor legte sofort die Hostie auf den Altar zurück und befragte die Spanierin nach dem Gottesdienst. Sie konnte nicht glauben, dass ihr selbstgebackenes Brot als Leib des Herren ausgegeben worden war. Gregor betete mit dem Volke um ihren Glauben. Als er sich wieder erhob, fand er auf dem Altar das Brot in Fleisch verwandelt.

Die Matrone wurde sofort bekehrt, ein zweites Mal warf sich das Volk zum Gebete nieder - und danach hatte das Brot wieder seine ursprüngliche Form.

ANDECHS

So jedenfalls will es die erste Fassung der Legende. Die zweite Version weiß von zwei Hostien, die auf das Gebet des Papstes hin mit einem blutfarbenen Fingerglied gekennzeichnet worden waren. Ein Teil wandelte sich dann für die Kommunion der Frau zurück in Brot.

1583 vermerkte eine bischöfliche Kommission dann auch genau das Fehlen des dritten Teils an einer Hostie.
Die Hostien mit Kreuz und Fingerglied sollen zuerst in Rom, dann in Bamberg aufbewahrt worden sein.

Die dritte Hostie geht auf Papst Leo IX. zurück. Bei ihm sollen sich die eingeprägten Buchstaben IHS einer Hostie rot gefärbt haben.

Das galt als Zeichen im Berengarschen Abendmahlsstreit.
Berengar von Tours propagierte damals, der Leib Christi erscheine neben der Hostie. Die Kirche aber sah sich in der Auffassung, die Hostie werde in den Leib verwandelt, bestätigt.
Dieses Gotteszeichen wurde ebenfalls in Bamberg untergebracht.

Erst um 1160/1180 kamen die drei Hostien nach Andechs. Unwetter und Hungersnot brachten Graf Berchtold dazu, seinen Bruder Bischof Otto II. von Bamberg um das Heiligtum zu bitten.

Die Lage in Andechs soll sich mit Eintreffen der Hostien sofort gebessert haben.

DIE WUNDER DES RADHART

Ein heilender Heiliger

Der heilig Priester Radhart hat
Ein Kloster gstift an dieser statt.
Man zählt achthundert fünfzig Jahr,
Als aber er verschieden war.
Die Hungarn kamen bald ins Land,
Viel Klöster steckten sie in Brand,
Sankt Georgen Kloster ward auch zerstört,
Der Gottesdienst hat hier aufghört
Eine ziemlich lange Frist und Zeit,
Bis Gott geschickt fromm Geistlichkeit.
Zwei Priester wollten wieder bauen
Das Gotteshaus. Wie sie in Grund hauen,
Ein schwerer Stein war da gelegen,
Den viel Mann nit mochten bewegen.
Man bet zu Gott. Priester Ulrich
Erhebt denselben ganz leichtiglich.
Sankt Radharts Leichnam war da unten
Sehr lieblich riechender gefunden.
Die Kranken suchten bei ihm Arznei
Und waren ihrer Beresten frei.

Rathard

So wird in der Kirche St. Georgen bei Dießen die Legende um den heiligen Radhart geschildert. Er soll 815 Kirche und Kloster erbaut haben, welche 955 von den Hunnen niedergebrannt wurden.

Die Priester Ulrich und Albert errichteten später den Neubau.

Bei den Arbeiten fand man den Leichnam Radharts, der Wohlgeruch verbreitete und einige Heilwunder bewirkte.

1620 ließ Propst Werlin die Gebeine auf dem Dießener Hochaltar zur Verehrung aussetzen, aber 67 Jahre später mussten die Reliquien wieder nach St. Georgen zurückgebracht werden.

Radhart zog mit dem Neubau der Klosterkirche erneut nach Dießen um, in St. Georgen blieb ein Teil des Armes über dem Tabernakel erhalten.

Die Madonna setzt sich zur Wehr

Wie die Schweden in Flucht geschlagen wurden

So lieblich sie auch ausschauen - die Andechser Madonnen wussten sich sehr wohl zu wehren. Um die Muttergottes auf der Mondsichel, mit dem Jesuskind auf dem einen Arm, dem Zepter in der Hand, rankt sich eine solche Legende.
Die golden und silbern blitzende Statue des Hauptaltars war um 1425 ein Geschenk des Herzogs Ernst von Bayern und wurde bald von den Pilgern verehrt. Klar, dass zu Zeiten des Schwedenkrieges dieses wertvolle Stück versteckt wurde. Der Andechser Schatz kam nach Salzburg, die Muttergottes musste sich mit einem Platz in der Höhle des Klostergartens zufrieden geben. Doch ein Knecht des Klosters verriet aus Furcht den Feinden das Versteck. Als die Soldaten das Gnadenbild auszugraben begannen, lähmte sie plötzlich ein Entsetzen. Und unter den Augen der Himmelskönigin ergriffen sie die Flucht.

Dem zweiten Madonnenbild erging es ähnlich: Da man die Mondsichel-Madonna vergraben hatte, musste die Darstellung der unbefleckten Empfängnis, die sonst im oberen Choraltar zu sehen war, in die vorderste Hochaltar-Reihe rücken. Ganz frei stand die Madonna auf dem Altar, als sie die Schweden herabstürzen wollten. Allein die Statue bewegte sich keinen Millimeter. Doch der Oberst verbot seinen Soldaten jegliche Gewalt: Er habe vom König keinen Auftrag, mit Heiligenbildern Krieg zu führen.
Der Oberst, selbst überzeugter Protestant, blieb verschont, einer der eifrigen Bilderstürmer aber soll nahe Andechs den Tod gefunden haben.

M
V.
ANDECHS

„Brotmutter“ Mechtild

Eine Asketin speist die Armen

„Domina“ wurde sie ehrfurchtsvoll genannt, „Frau“ also statt nur „Schwester“. Die Heilige Mechtild von Dießen verstand es schon zu Lebzeiten - ab 1135 im Chorfrauenstift - eine heilige Aura um sich zu verbreiten.
Wie kommt es aber, dass die streng asketische Mechtild auch „Brotmutter“ genannt wurde?

Nun, die überreiche Ernte auf Gut Diengen veranlasste sie, Hostien für die umliegenden Dörfer zu backen. Bis 1520 soll die Sitte beibehalten worden sein, kostenlos wurden die Hostien abgegeben.
Und das Bild der Mechtild bestimmt seither der Äbtissinnenstab in der Linken und der gefüllte Hostienkelch in der Rechten.

Ihr strenger Verzicht auf leibliche Genüsse führte am Tische des Kaisers Friedrich Barbarossa zu einem Wunder. Dem Kaiser verwandt, sollte die Äbtissin von Edelstetten am Reichstag teilnehmen.
Es wurden ihr auf Wunsch weder Wein noch Fleisch serviert - und doch schmeckten die Speisen und Getränke danach.
Und siehe da: Das frische Wasser vom Brunnen verwandelte sich in ihrem Becher in Wein.

Hl.
Mechtild

Die Heilung einer verletzten Schriftkünstlerin im Dießener Kloster sorgte für noch mehr Bewunderung - denn schließlich war das kunstvolle Abschreiben von Büchern die Haupteinnahmequelle.
Mechtild gab der verletzten Schwester Ratschläge vom Dießener Kranken- und Sterbebett aus - mit vollem Erfolg.

Und posthum wirkte sogar der Stein Wunder, auf dem Mechtild zu ruhen pflegte und der in der Klosterkirche eingemauert wurde: Das abgeschabte Steinmehl half bei Kopfschmerzen.

Die heilige Mechtild wurde aber nicht nur bei körperlichen Gebrechen angerufen, sondern auch bei Gewittergefahren.

Man läutete dabei eine Glocke: In Dießen waren an der Gewitterglocke die Haare der Heiligen angebracht. Die Reliquie wurde allerdings durch Brände und Erneuerungen zerstört.
Dafür aber können immer noch die Mechtildenkerzen am Grabe der Heiligen gegen die Unbill des Wetters angezündet werden.

Bis zur Aufklärungszeit 1817 wurden sogar eigene Wachskränze am Mechthildentag geweiht. Und natürlich gab's auch die Kräuterkränze, die nach der Weihe in Äcker und Wiesen eingegraben wurden und so das Land schützten.

Die Bauern, die die Wallfahrt vernachlässigten, mussten angeblich wiederholt mit vom Hagel verwüsteten Feldern büßen.

Euphemia

Eine unbeachtete Schönheit

Im ganzen Oberland sind sie bekannt, die drei Dießener Grafentöchter Kunigund, Mechtild und Euphemia. Dass aber das Trio recht ungleich behandelt wurde, belegen zahlreiche Legenden und Sagen.

Während Kunigund und Mechtild bald zu allgemeiner Verehrung kamen, blieb Euphemia unberücksichtigt. Die Frau, die auch in Dießen begraben ist, wurde im Gegensatz zu ihren berühmten Schwestern nicht heilig gesprochen.
Sie soll hoheitsvoll und überirdisch schön gewesen sein. Ihrem blonden Seidenhaar wurde Gewalt über das Wetter zugeschrieben.
Ihre Erscheinung in Chorfrauentracht, mit schwarzem Wollmantel und weißem Schleier, verweist auf die sagenhaften Angaben über die drei schwesterlichen Jungfrauen, die schon bei der Schatzberg-Sage aufgetaucht sind, nach der eine der Damen schwarz gewesen sein soll.

Eine Vermischung christlicher und heidnischer Gestalten und Redensarten ist überall nachzuweisen. Die schwarze Heilrätin musste denn auch für manche Drohung herhalten:
Böse Kinder wurden angeblich von ihr festgebunden. Oder sie verschwanden ganz im unheimlichen, schwarzen Dunstkreis der doch so harmlosen und missachteten Grafentochter.

Euphemia

Graf Rasso

Tournierkönig und Laienbruder

Eines ist unbestritten: Dass die Gründung von Grafrath auf den Heiligen Rasso zurückgeht, der sozusagen als Vorfahre oder Stammvater des Dießener-Andechser Grafengeschlechts gilt. Klar ist auch, dass es ein edler und mutiger Ritter von außergewöhnlich großer Statur war. Der Rest ist pure Sage:

Rasso soll Tournierkönig gewesen sein und das Oberkommando über die vereinigten Streitkräfte gegen die Hunnen (die Ungarn) geführt haben. Ein Siegeskreuz Karls des Großen, von Engeln übergeben, soll ihm steter Schutz gewesen sein. Nach dem Hunnensieg entschloss sich Rasso zu einer Pilgerfahrt nach Jerusalem – vermutlich im Auftrag des bayerischen Herzogs. Mit einer ganzen Reihe von Reliquien kam Rasso zurück: mit dem Leib des Propheten Simeon, den Gebeinen der Heiligen Timotheus und Paulus, mit der Hälfte des Schweißtuches Jesu, einem Stück vom Abendmahls-Tischtuch und mit Reliquien der Apostel.

Zur Unterbringung der Schätze gründete er Kloster und Kirche nahe seines Schlosses in Grafrath. Der Platz für das Anwesen war schnell gefunden: Der starke Ritter schleuderte seinen Hammer von der Altenburg bei Andechs ins Moos. Wo er niederfiel, wurde Grafrath gebaut.

Kurz darauf trat Rasso selbst als Laienbruder in den Orden ein. Unerwartet früh verstarb er dort im Jahre 954 – ein Jahr vor dem nächsten großen Hunnen-Einfall.

GRAFRASSO
2000

Der Nöck

Ein guter Handel

Die drei Fischer auf dem Ammersee hatten gar kein Glück: Ihre Netze blieben leer. Während sie schimpfend die Netze einzogen, wurde es heller. Und mitten aus den Fluten tauchte der weißhaarige Ammersee-Nöck auf.

„Ei, drollige Menschlein“, rief er, „ihr braucht net fluchen und murren. Sonst gönn ich euch ja immer viel, bloß heute spielt mein jüngster Sohn mit den Fischen. Es ist mein liebstes Kind. Und weil ich auf ihn aufpassen muss, treib ich gleich den ganzen Schwarm von eurem Netz weg.

Aber wenn ihr mir versprecht, dass ihr meinen Jungen wieder auslasst, dann könnt ihr noch mal eure Netze auswerfen.
Mein Bub ist der schönste, ihr werdet ihn sofort erkennen.“

Die Fischer nickten ängstlich und ließen sich auf den Handel ein und der Nöck stieg wieder hinab auf den Grund des Sees.

DER NÖCK
2000

Der Nöck

Gierig in den goldenen Tod

Als die Fischer erneut ihre Netze auswarfen, machten sie einen üppigen Fang, ganze Schwärme umkreisten das Boot. Inmitten dieser Massen flog ein Fisch aus Gold auf die Schiffsplanken. Jede seiner Schuppen war mit Edelsteinen besetzt, auf den Flossen blinkten Perlen, an den Zähnen Diamanten, auf dem Kopf eine Krone.

Dieser schillernde Fang gab sich als der Prinz zu erkennen und verlangte: „Werft mich zurück in den See."
Doch die Fischer riefen: „Blöd werden wir sein" und konnten nur an eines denken: „Gold!"

Sie zupften an dem Prinzen, plötzlich überflog ein Goldschein alle Fische im Netz und verwandelte sie in pures Edelmetall. Noch während der Jubel das Boot erfüllte, sank es unter der Last.

Hastig wollten die Fischer das Boot leer schaufeln. Doch für jeden zurückgeworfenen Fisch sprangen zwei neue Goldfische an Bord – so lange, bis die ganze Fracht samt Fischer gesunken war.

DER NÖCK II
HH

Die Nebelfrau

Wie die zarte Dame zu nächtlichen Irrwegen verführt

Gefangen in den feinen, weißen Schleiern der Nebelfrau, hat sich schon mancher in Stillern, in den Sümpfen rund um Raisting, verirrt.

Eine Einheimische berichtet 1923 selbst noch dem Sagenforscher Schweizer, dass sich mancher in der Adventszeit nicht mehr aus dem Haus traute, weil man die Macht der weißhaarigen, zarten Dame mit den fatalen Kräften fürchtete.
Bis Weihnachten trieb sie ihr Unwesen.

Das Geisterweiblein umgarnte die nächtlichen Heimkehrer, wob ihre weißen Spinnennetze um deren Augen und brachte so selbst die Ortskundigsten in arge Bedrängnis.

Die Nebelfrau wich ihren Opfern nicht von der Seite, die ganze Nacht lang irrten so die Wanderer umher.

Die Nebelfrau
von
Lichtenau
HH 01

Irmingard Prinzessin von Bayern
Jugend-Erinnerungen
1923-1950
344 Seiten, zahlreiche Abbildungen, gebunden, 15,80 EUR
ISBN 3-8306-7041-9

Prinzessin Irmingard von Bayern erzählt von ihrer Jugend in Schlössern und Konzentrationslagern bis zur Heirat in Nymphenburg mit Prinz Ludwig von Bayern. Im ersten Teil heiter, oft lustig, im zweiten Teil ein erschütterndes Dokument der Zeitgeschichte.

Susanne Seethaler
Sagenhafte Burgen und Schlösser in Oberbayern
208 Seiten, mit Abbildungen, gebunden, 13,– EUR
ISBN 3-8306-6992-5

Zu längst verfallenenen Ruinen und prachtvollen Schlössern führt Susanne Seethaler ihre Leserinnen und Leser. Die beschriebenen Orte liegen ausnahmslos in landschaftlich reizvollen Gebieten des bayerischen Oberlandes, so dass sich ein Tagesausflug mit der ganzen Familie immer lohnt.

Alfons Schweiggert
Die letzten Tage im Leben von König Ludwig II.
272 Seiten, mit über 150 z.T. unveröffentlichten Abbildungen, gebunden, 19,80 EUR
ISBN 3-8306-7200-4

Die fünf Tage vor und acht Tage nach seinem Tod – in allen Einzelheiten.
»Die ganze Wahrheit in einer neuen kriminalistischen Dokumentation.«
Kulturmagazin Capriccio, Bay. Fernsehen

EOS-Verlag - Erzabtei St. Ottilien - 86941 St. Ottilien - Tel. (08193) 71 701 - FAX 71 709
www.eos-verlag.de

Ernst Meßmer
Graf Rasso
Heerführer Bayerns, Kirchenstifter
und Klostergründer von Grafrath, Volksheiliger
176 Seiten, Farbabbildungen, gebunden, 17,50 EUR
ISBN 3-8306-7166-0

Eine spannende Spurensuche nach dem heiligen Rasso, basierend auf Legenden, Überlieferungen, wissenschaftlichen Fakten.

Ernst Meßmer
Das wundersame Grab von Graf Rasso
Geschichte der ungewöhnlichen Wallfahrt
und Wallfahrtskirche zu St. Grafrath
292 Seiten, Farbabbildungen, gebunden, 18,50 EUR
ISBN 3-8306-7185-7

Der Kult um Rassos Grab. Auszüge aus den Mirakelbüchern gewähren dem Leser auch einen bewegenden Einblick in Heilungen, für die es in damaliger Zeit keine menschliche Hilfe gab.

Werner Kraus
Karl der Kleine
Geschichte einer Jugend
290 Seiten, zahlreiche Abbildungen, gebunden, 15,80 EUR
ISBN 3-8306-7134-2

Das Leben eines jungen Menschen aus dem oberbayerischen Marktflecken Murnau in der Zeit von 1927 bis 1952. Fünfundzwanzig Jahre einer turbulenten Epoche der Deutschen Geschichte. Unterhaltsam und spannend.

EOS-Verlag - Erzabtei St. Ottilien - 86941 St. Ottilien - Tel. (08193) 71 701 - FAX 71 709
www.eos-verlag.de